LES PRINCIPES GÉNÉRAUX

DE LA

MORALE UNIVERSELLE.

OUVRAGE

DÉDIÉ AU GENRE HUMAIN.

Par le citoyen BUARD, fils, rue Beaurepaire, n°. 13, Division de Bon-Conseil.

Se vend à Paris.

Chez les Marchands de nouveautés et chez le Citoyen PELLETIÉ, Imprimeur, rue Française, n°. 3.

Au. VI.

LES PRINCIPES

GÉNÉRAUX

DE LA

MORALE UNIVERSELLE.

DÉDICACE

AU

GENRE HUMAIN.

Mortel, sous quel climat que le ciel t'ait fait naître,
De quel rang, de quel culte ou secte tu puisse être;
Roi, Prince, Magistrat, Sujet ou Citoyen,
Ecoute, mes avis tu t'en trouveras bien :
Au Dieu dont l'univers atteste l'existence,
Offre l'hommage pur de ta reconnoissance,
Garde de ses bienfaits le profond souvenir,
Mais ne prétends jamais pouvoir le définir,
Dans chacun des humains, vois et respecte un frère,
Honore, tu le dois, et ton Père et ta Mère,
Sois vrai dans tes discours, ou ne dis plutôt rien ;
Aime et sers ton Pays, son bonheur est le tien.
Pour être heureux, crois-moi, laisse aux ames communes
Briguer auprès des Grands leurs faveurs importunes ;

Les titres, la richesse et son éclat trompeur
Sont peu de chose au prix de la bonté du cœur;
En foulant sous tes pieds l'orgueil et l'avarice,
Marche dans les sentiers de l'exacte justice :
Apprends à te connoître, et retiens dans ton cœur,
Que la seule vertu mène au parfait bonheur :
Sur le tableau suivant, règle enfin ta conduite,
Et sache être honnête-homme, et non pas hypocrite.

CONDUITE

DE L'HONNÊTE-HOMME,

Envers la Société.

L'honnête-homme vraiment digne d'un si beau nom,
Doit dans tout ce qu'il fait consulter sa raison;
Du pauvre qui se plaint soulager la misère,
Ne point s'énorgueillir du bien qu'il a pu faire;
L'honnête-homme à-la-fois sensible et généreux,
A de sages desirs fixe toujours ses vœux;
Bon ami, tendre époux, bon citoyen, bon Père,
Ce n'est qu'aux méchans seuls qu'il montre un front sévère,
Humble dans ses discours, modeste en son maintien,
Du bonheur de l'Etat il compose le sien;
L'exacte probité le dirige sans cesse,
Il se fait un devoir de remplir sa promesse;
Il ne recherche point les honneurs, les emplois,
Du pays qu'il habite il respecte les lois;
Comme il est sans remords, il est sans défiance;
Il protége le foible, et venge l'innocence,
Il est sincère, affable, obligeant et discret,

Des services qu'il rend il garde le secret;
Mieux qu'il ne sait parler, il sait l'art de se taire;
L'orphelin trouve en lui toujours un second Père,
La vieillesse un support, la jeunesse un ami,
La veuve un protecteur, le fourbe un ennemi;
Si malgré ses vertus et sa conduite austère,
Quelqu'un l'accuse à tort d'un crime volontaire,
Surpris d'un tel soupçon, mais non déconcerté,
Il répond sans aigreur, mais avec fermeté,
Tandis que le coupable alors qu'on l'interpelle
Craint.... hésite...pâlit... son trouble le décèle;
Le méchant n'est point fait pour goûter le bonheur.
L'honnête-homme est heureux même au sein du malheur,
Libre ou chargé de fers, sa mâle contenance
Fait trembler l'oppresseur trop fier de sa puissance.
La honte et les regrets poursuivent le méchant,
La gloire et le repos attendent l'innocent,
L'amour de l'ordre enfin, des mœurs, de la justice
Ne laissent dans son ame aucun accès au vice;
Les attraits dangereux d'un métal séducteur
N'ont jamais ébloui ni corrompu son cœur,
Fuyant l'iniquité, détestant l'imposture,
Il sait par un bienfait se venger d'une injure,
Fort de sa conscience, il brave le trépas,
Les horreurs de la mort ne l'intimident pas,
Comme il a su bien vivre, il quitte en paix la vie,
Redoutant peu les maux dont on la croit suivie:
Son esprit n'est frappé d'aucun préjugé vain,
Jusqu'à sa dernière heure, il porte un front serein,
Saisi d'un saint respect, au Dieu de la lumière,
Il adresse en mourant cette courte prière,
Dont la simplicité. la touchante candeur
Sont les garans certains des vertus de son cœur.

INVOCATION

A L'ÉTERNEL.

Être qui d'un seul mot nous fit ce que nous sommes,
Créateur incréé de la terre et des hommes,
Exauce, entends les vœux de tes dignes enfans,
Pour le salut des bons et l'effroy des méchans,
Fais que la vérité nous guide et nous éclaire,
Nous t'implorons en Fils, écoute-nous en Père,
Seconde nos efforts, enseigne nous ta loi,
Montre-nous le chemin qui mène jusqu'à toi,
Répandant tes bienfaits sur toute la nature,
Des erreurs des humains taris la source impure;
Toi seul peut nous conduire à la félicité.
Je descends dans la tombe avec sécurité;
Soumis en tous les tems à ton vouloir suprême,
Mon ame avec transport s'échappe hors de moi-même,
Accorde lui, Dieu juste, au séjour éternel,
Un asile assuré dans ton sein paternel.

CONDUITE

D'UN JEUNE HOMME,

Envers sa future Epouse et la Société.

DÉDICACE AUX JEUNES GENS.

O vous, pour qui ma plume a tracé cet ouvrage,
Daignez avec plaisir en agréér l'hommage,

Jeunes Concitoyens, ma téméraire voix
Ne prétendit jamais vous imposer des lois,
Du vrai bonheur, ici je vous montre la route
Plus aisément que moi, vous la suivrez sans doute.
Je n'exige de vous connoissant mes défauts,
Qu'un indulgent regard pour prix de mes travaux :
Ah! si de la vertu que j'aime et que j'admire,
Mon cœur, un seul instant méconnoissoit l'empire ;
Veuillez comme envers vous je le fais aujourd'hui,
En ce presssant besoin me prêter votre appui.

CONDUITE

D'UN JEUNE HOMME,

Envers la société.

Un jeune homme bien né, doit respecter sans cesse,
Et l'âge et les avis de l'auguste vieillesse ;
Il doit la consoler dans ses afflictions,
Et profiter sur-tout de ses instructions :
Traiter avec mépris un veillard vénérable,
Du crime le plus grand, c'est se rendre coupable ;
C'est montrer pour le vice un penchant dangereux,
Dont il faut étouffer jusqu'au germe odieux.
Un jeune homme, avec soin par esprit de prudence,
Doit dans tous ses discours observer la décence,
Entretenir chez lui, même pour sa santé,
Jusqu'en ses vêtemens, l'ordre et la propreté ;
A cette loi, jamais nul ne doit se soustraire,
Et quiconque l'enfreint, cesse aussi-tôt de plaire :
Jeune homme, réfléchis, veux tu vivre long-tems ?

Evite les excès dans tes amusemens.
Ne livre point, crois-moi, ton cœur à la molesse,
Les crimes, les forfaits, sont nés de la paresse,
Elle affaiblit notre ame, énerve notre corps,
Détruit nos facultés, en brise les ressorts;
Garde toi, s'il se peut, sans nuire à la prudence,
Des funestes erreurs que produit l'ignorance;
Riche, sois généreux sans prodigalité,
Supporte les revers sans en être affecté;
L'adversité, dit-on, excite le courage,
Fait croître les talens, rend l'homme enfin plus sage.
Toi, préviens le péril, brave les coups du sort,
Résiste à la tempête, et marche droit au port:
Après avoir vaincu, ne ternis point ta gloire,
Sache jouir en paix des fruits de la victoire;
Sois sobre en tes repas, chaste en tes actions,
Modère, arrête en toi le feu des passions,
Fuis les jeux suborneurs, au bord du précipice,
Vois l'abyme entr'ouvert, habité par le vice;
De ces lieux infectés détourne au loin tes pas,
Le sentier des vertus t'offre ici plus d'appas.

ENVERS SA FUTURE ÉPOUSE

Un jeune-homme en secret pour une tendre belle,
Ressent-il de l'amour la première étincelle?

Il doit pour éviter les fâcheux contre-tems,
Dissimuler d'abord ses nouveaux sentimens,
Descendre daus son cœur, s'interroger lui-même,
Et mettre en sa conduite une réserve extrême;
De celle qu'il adore, il doit avec ardeur
Etudier les goûts, le penchant et l'humeur,
Et se résoudre alors, sans blesser la décence,
Pour l'intérêt des mœurs, à rompre le silence,
Quand la seule vertu dirige un si beau feu,
C'est un devoir sacré d'en faire un prompt aveu:
Le succès répond-il à leur juste espérance?
La maîtresse et l'amant sont-ils d'intelligence?
Tous deux d'un tel triomphe, informant leurs parens,
Doivent se conformer à leurs avis prudens:
Jeune-homme, écoute-moi, si ton choix peut leur plaire,
Si nul à tes désirs n'oppose un vœu contraire;
Il faut par les liens d'un hymen enchanteur,
T'assurer pour jamais son estime et son cœur;
Heureux Amans, bien-tôt votre persévérance
Va recevoir du Ciel sa juste récompense;
Vous allez posséder et réunir en vous,
Les titres glorieux et de Père et d'Epoux:
Il me semble déjà voir un couple adorable,
Uni par les doux nœuds d'un hymen respectable,
Avec même tendresse, et d'une égale ardeur,
Goûter en liberté le suprême bonheur;
A ce touchant spectacle, une secrette flamme,
Circule malgré moi, jusqu'au fond de mon ame;
De mes yeux attendris, je sens couler des pleurs,
Amour, je m'abandonne à tes charmes vainqueurs,
Fais qu'animé par toi, dans une tendre Amie,
Je puisse un jour trouver les douceurs de la vie,
Et que brûlant aussi du plus parfait amour,
Elle paye le mien d'un semblable retour.

Permets qu'à mes desirs se livrant sans contrainte,
Nul être à sa pudeur ne porte aucune atteinte,
Qu'elle ait plus de vertus encor que de beauté,
Plus de sens que d'esprit et d'affabilité,
Qu'elle n'ait d'autre soin que celui de me plaire,
De régler sur les miens, ses goûts, son caractère;
Un tel objet, Amour, offre un destin bien doux,
Qu'il paraisse.... Et soudain je tombe à ses genoux.
Si tu répand sur moi cette faveur insigne,
Loin de m'en prévaloir, je veux m'en rendre digne;
Je jure par toi-même à la face des Cieux,
De chérir constamment ce beau présent des Dieux;
D'avance dans ses fers, devant toi je m'engage,
Et mon cœur lui consacre un éternel hommage;
On me verra toujours fidele à mon serment,
Bon Pére, tendre Epoux, sans cesser d'être Amant.

CONDUITE

D'UNE JEUNE FILLE,

Envers son futur Epoux, et la Société.

DÉDICACE A MA BIEN AIMÉE.

Jeune et charmant objet, qui, seul a su me plaire;
Toi dont je ne puis trop vanter le caractère,
Honorer les vertus, admirer la beauté,
Respecter la candeur et la fidélité,
D'un regard favorable, accueillant cet ouvrage,

Daigne à mes foibles chants accorder ton suffrage ;
Si je puis obtenir un si brillant destin ,
Mon triomphe est complet , mon bonheur est certain :
Le beau Sexe en tout lieux chérira ma mémoire ,
En travaillant pour lui , j'ai parlé pour ta gloire ,
Puisse-t-il à mon gré , par devoir et par goût ,
Te prendre pour modèle et t'imiter en tout.

CONDUITE

D'UNE JEUNE FILLE,

Envers la Société.

Jeunes filles , des dons que vous fît la nature ,
Sachez vous contenter , sans l'art de la parure ,
Sans tous ces vains atours qui blessent la pudeur ,
Vous pouvez aisément règner sur notre cœur ,
Belles de vos attraits , laissez dans leurs toilettes ,
Et le rouge et le fard qui masquent les coquettes ;
Un esprit juste et droit , des mœurs et des talens ,
Voilà , n'en doutez point , vos plus beaux ornemens.
Parlez peu , parlez bien , que toujours la prudence
Eloigne loin de vous l'orgueil et la licence ;
Au modeste savoir , joignez les sentimens ,
Ne vous vantez jamais de vos propre talens ,
Avant de raisonner instruisez-vous sans cesse ;
Gardez cette candeur qui sied à la jeunesse ,
Cet abord gracieux , cet air plein de bonté ,
Préférables cent fois à la seule beauté ;
Riez quand il le faut , entendez raillerie ,
Où commence l'aigreur , arrrêtez l'ironie ;

On admire un bon mot qui n'a qu'un tour plaisant,
Mais le sarcasme amer est toujours offensant.
Loin de fixer nos yeux sur les défauts des autres,
Occupons-nous plutôt à corriger les nôtres.
Aimez la probité, ressouvenez vous bien,
Que les autres vertus, sans elle ne sont rien;
Si vous tenez du ciel, tant de dons en partage;
Vous aurez sur mon sèxe un solide avantage.

EN VERS SON FUTUR ÉPOUX.

Jeunes filles, malgré l'assemblage si doux,
Des rares qualités qu'on voit briller en vous;
N'allez pas néanmoins vous croire en tout parfaites,
Redoutez la fureur des langues indiscrètes,
Couvrez d'un voile épais, ces charmes précieux,
Dont le double contour enchante tous les yeux,
Aux, transports d'un amant qui, dans sa folle ivresse
Ose appeller amour un excès de foiblesse;
Sachez avec douceur, mais avec fermeté,
Opposer la sagesse à la témérité;
Fuyez les vains appas que présente le crime,
La résistance alors est juste et légitime;
Usez, n'abusez point du pouvoir dangereux,
D'enchaîner mille amans, sans faire un seul heureux;
Quand vous aurez fait choix d'un ami véritable,
Unissez-vous à lui par un lien durable,
Mais crainte de former des nœuds mal assortis,
Consultez votre mère, et suivez ses avis;
Songez qu'avant d'aimer, il est bon de connaître,
Celui de qui dépend le bonheur de notre être,

N'exigez point de lui des sermens superflus,
Le vice prend par fois le masque des vertus,
Mais ayant éprouvé sa constante sagesse,
Rendez lui, sans délai, tendresse pour tendresse ;
Déjà dans votre amant révérant votre époux,
Epanchez dans son cœur vos secrets les plus doux,
Et pour mieux contenter l'ardeur qui vous enflamme,
Pour vous livrer sans crainte aux transports de votre ame,
Attendez que l'hymen en couronnant vos vœux,
Dans ses liens sacrés, vous retienne tous deux ;
Plaignez l'infortuné, que le malheur accable,
A l'honnête indigent, montrez vous secourable,
S'il est dur quelquefois de faire des ingrats,
Qu'il est grand, qu'il est beau pour les cœurs délicats,
De visiter le pauvre en son humble chaumière,
De mettre s'il se peut un terme à sa misère,
Ceux qui du sort barbare ont ressenti les coups,
Ne sont-ils pas, hélas ! des hommes comme nous ?
Un bienfait répandu par la main d'une belle,
Acquiert un nouveau prix sur sa valeur réelle,
Donnez donc avec grace, et donnez promptement,
Qui prévient le besoin, oblige doublement ;
C'est ainsi qu'une fille avant le mariage,
A force de vertus mérite notre hommage,
Qu'elle sait, dans ses fers retenir un amant,
Captiver sa tendresse, et le rendre constant :
Heureux cent fois celui qui du destin prospère,
A reçu pour épouse une amante si chère ;
Il savoure a long traits, et la nuit et le jour,
Dans les bras de l'Hymen, les douceurs de l'Amour.

HOMMAGE

DE L'AUTEUR,

Envers le Beau Sexe.

Beau Sexe , qu'en tous lieux l'on chérit et l'on aime ,
Toi , qui du genre humain fait le bonheur suprême ,
Encourage , enhardit mes timides accens ,
Au gré de mon espoir , fais grace à mes talens ,
N'applaudis en ce jour qn'à mon zèle sincère ;
Je veux , jusqu'au trépas , te servir et te plaire ,
Reçois dans cet ouvrage un encens mérité ,
Le seul but où j'aspire est ta félicité.
Rendre le Sexe heureux , prendre soin de sa gloire ,
C'est marcher noblement au temple de Mémoire ,
C'est tracer d'âge en âge à la postérité ,
La route qui conduit à l'Immortalité.

LES DEVOIRS
RÉCIPROQUES DU MARI,
DE LA FEMME ET DES ENFANS,
LES UNS ENVERS LES AUTRES.

DÉDICACE A MA FEMME.

O TOI de mon bonheur seule dépositaire,
Femme que je chéris, que j'estime et révère,
Toi qui sais mieux que moi jusqu'où vont tes pouvoirs,
Souffre que j'ose ici rappeler nos devoirs.
Ces devoirs, je le sais, ô respectable femme !
Sont écrits dans ton cœur, sont gravés dans ton ame ;
Mon juste empressement à m'acquitter des miens
Me répond de ton zèle à bien remplir les tiens.

DEVOIRS DU MARI ENVERS SA FEMME.

L'ÉPOUX doit estimer, chérir comme lui-même,
Celle qui de ses jours fait le bonheur suprême ;

B

Il doit la respecter, la défendre en tous lieux,
Prévenir ses besoins, les lire dans ses yeux,
Ne lui rien demander qu'elle ne puisse faire,
Tout entreprendre enfin pour tâcher de lui plaire :
Il se gardera bien d'outrager ses appas,
Comme un mari jaloux, de suivre tous ses pas,
De paroître jamais douter de sa sagesse,
Ni sur de faux rapports lui ravir sa tendresse ;
Il n'abusera pas de son autorité
Pour gêner, sans raison, ses goûts, sa liberté ;
Mais il exigera que toujours sa parure
Annonce, en la voyant, une ame honnête et pure,
Qu'elle ait un air affable et non pas de fierté,
Un ton plein de candeur et non de vanité.
L'époux ne doit jamais cesser d'être fidèle,
Son épouse à ses yeux doit être la plus belle.
Celui qui de l'hymen enfreint les justes loix
Se méprise soi-même en méprisant son choix.
Sur de légers sujets, sur mille bagatelles,
Il ne lui fera point d'inutiles querelles ;
Indulgent, sans foiblesse, et sévère à propos,
Il saura distinguer le vrai d'avec le faux ;
Ennemi du mensonge et du libertinage,
Il ne troublera point la paix de son ménage
En dégradant en lui, par des plaisirs honteux,
Et de Père, et d'Époux les titres glorieux.
Généreux sans excès, complaisant sans bassesse,
Le soin de sa maison l'occupera sans cesse,
Et sa femme, et ses fils seront, dans tous les tems,
Ses trésors les plus beaux, les plus intéressans.
Ah ! si d'un tel hymen, avec un vœu sincère,
Vous desirez goûter le bonheur salutaire,
Époux, tendres Époux, oui, pour y parvenir,
Voilà les qualités qu'il vous faut acquérir.

ENVERS SES ENFANS.

Si de plusieurs enfans le destin le rend père,
Il doit à la vertu former leur caractère,
Leur inspirer, sur-tout, dès leurs plus jeunes ans,
Respect, obéissance, amour pour leurs parens,
Ne leur permettre rien qu'il leur faille interdire,
Et conserver sur eux un paternel empire,
Cultiver sagement ces fruits délicieux
De l'amour le plus tendre et le plus vertueux.
Il doit, pour maintenir la bonne intelligence,
N'admettre entre aucun d'eux la moindre différence,
Témoigner sans foiblesse et sans emportement
Son juste déplaisir ou son contentement,
Répartir à chacun même lot de caresse,
Et punir sur-le-champ tout acte de bassesse :
On verra naître alors et croître dans leurs cœurs
Le germe des vertus, des talens et des mœurs.
C'est ainsi qu'un bon père, éloignant la discorde,
Fait triompher chez lui la paix et la concorde.

DEVOIRS DE LA FEMME ENVERS SON MARI.

La femme doit en tout obéir au mari,
Respecter ses conseils et ne chérir que lui,
Suivre, sans différer, les avis qu'il lui donne,
Se montrer à ses yeux toujours sensible et bonne,
Ecouter quand il parle, entendre à demi-mot,
Tout faire avec plaisir et faire comme il faut.
Met-il dans ses discours un peu trop de rudesse
La femme ne doit point le gourmander sans cesse,
Mais s'armer de douceur, soumettre sa raison,

Et faire ainsi régner la paix dans sa maison.
Si par l'effet touchant d'une amitié durable
L'Époux a dans le cœur d'une Epouse adorable
Épanché sans détour un secret important,
Elle ne doit jamais, par un zèle imprudent,
Divulguer ce mystère à nulle autre personne,
A moins que son Epoux le permette ou l'ordonne:
Révéler un secret qui nous est confié,
C'est trahir à la fois l'honneur et l'amitié.
La femme ne doit point témoigner de tristesse
Quand son époux fait voir un front plein d'allégresse;
Elle doit constamment et les jours et les nuits
Partager son bonheur ou vaincre ses ennuis,
Des modestes vertus se faire une habitude,
Et de tous ses devoirs sa principale étude;
Elle ne peut, sans crime, aux dépens du Mari,
Complimenter quelqu'un ni mal parler de lui;
Sur ses défauts cachés sa bouche doit se taire,
Et sembler ignorer ceux connus du vulgaire;
Mais s'il a des vertus, par un tour délicat,
Elle en doit augmenter et le nombre et l'éclat.
L'ami de son époux doit aussi l'être d'elle;
Elle doit lui montrer même soin, même zèle;
Paroître estimer ceux qu'estime son mari,
Sans affectation, mais par amour pour lui.
Une femme prudente, exempte de reproche,
De son époux jamais ne doit craindre l'approche;
Elle doit rechercher sa tendre affection,
Et redouter sur-tout son indignation.
Lorsque contre quelqu'un l'époux, dans sa colère,
Sur un ton menaçant parle à son adversaire,
L'épouse ne doit point, excitant son courroux,
Se joindre à l'entretien sans l'aveu de l'Époux.
La femme doit plier comme un Roseau fragile,

De peur qu'en résistant la tempête indocile
Ne l'oblige à céder au souffle impétueux
Qui renverse le Chêne et le Cèdre orgueilleux ;
Elle doit donc en tout agir avec prudence,
Avoir pour son époux une extrême indulgence,
Redoubler chaque jour et de zèle et de soins,
Et voler au-devant de ses moindres besoins ;
Elle ne doit jamais risquer de lui déplaire,
Ni lui rien refuser qui lui soit nécessaire,
Voulût-il même à tort sur elle l'emporter,
Plutôt que de l'aigrir elle doit lui céder,
De façon néanmoins que cette déférence,
Enfant de la douceur et de l'expérience,
Ne sente de trop près l'insensibilité,
Ni le dur esclavage ou la stupidité.
Si, l'époux s'écartant des lois de la sagesse,
A quelqu'autre donnoit des marques de tendresse,
L'épouse ne doit point, fidelle à son mari,
En reproches amers éclater contre lui ;
Mais à l'ingratitude opposant la constance,
Ramener le coupable aux pieds de l'innocence ;
Par un pardon sincère exciter ses remords
Et forcer l'infidèle à détester ses torts.
Fière d'avoir vaincu sa froide indifférence,
Elle doit borner là le cours de sa vengeance,
Et sans trop se vanter d'un triomphe si doux,
Le traiter en amant plus encor qu'en époux.
Mais lorsqu'entre deux cœurs, avec même puissance,
La paix et l'union règnent d'intelligence,
La Femme doit alors, jusqu'au bord du tombeau,
Resserrer les doux nœuds d'un hymen aussi beau ;
De son Époux chéri prévenir l'inconstance,
Captiver pour jamais sa juste bienveillance.
Par mille petits soins, prodigués sans fadeur,

La femme la moins belle enchaîne un tendre cœur ;
La propreté du corps, la pureté de l'âme,
Plus que la beauté même excite notre flamme.
Epouses, méprisez le luxe corrupteur,
Craignez de voir par lui ternir votre pudeur,
Et suivant les leçons de l'austère sagesse,
Préférez les vertus à toute autre richesse,
L'amour de votre Epoux à l'éclat des grandeurs,
Et la vérité pure aux discours des flatteurs.
Ah ! si de vos devoirs vous montrant l'étendue,
Jusqu'au fond de vos cœurs ma voix est parvenue,
Mon desir est content, mes vœux sont satisfaits,
De mes travaux enfin j'espère un plein succès ;
Rendre heureux le beau sexe est ma douce espérance,
Et sa félicité fera ma récompense.
Puisse-t-il, en lisant cet ouvrage imparfait,
Pardonner à l'Auteur en faveur du sujet.

ENVERS SES ENFANS.

La Femme doit toujours, des fruits de sa tendresse,
Cultiver elle-même et soigner la jeunesse,
Les nourrir de son lait, les porter sur son sein,
Leur rendre ainsi le corps plus robuste et plus sain ;
A moins que sa santé fortement ne s'oppose
Au plus sacré devoir que la Nature impose,
Elle ne doit alors confier son enfant
Qu'à celle dont les mœurs et le tempérament
Permettent qu'on fît choix de son bras mercenaire
Pour remplir un si grand et si doux ministère.
Femmes, écoutez-moi, voici bientôt l'instant
Qui doit être pour vous le plus intéressant.
Voyez ce tendre fruit de votre amour sincère,

Comme il étend ses bras vers le cou de sa mère ;
Alors que sa Nourrice, en détournant les yeux,
Dépose entre vos mains ce fardeau précieux ;
De votre époux chéri partagez l'allégresse,
Que votre air satisfait réponde à son ivresse ;
Souffrez qu'il vous embrasse et caresse à son tour,
L'intéressant objet qui vous devra le jour.
Mais à ce gage heureux d'une pure alliance,
Ce n'est le tout d'avoir procuré la naissance,
Il vous faut pas-à-pas pénétrer dans son cœur,
Lui tracer le chemin qui conduit au bonheur.
Une mère à-la-fois sensible et vertueuse
Doit avec ses enfans toujours se croire heureuse ;
Elle doit, sans aigreur, les reprendre à propos,
Avoir les yeux ouverts sur leurs moindres défauts,
Ne leur permettre rien dont la vertu s'offense,
Et réprimer chez eux le vice en sa naissance ;
Elle doit de bonne heure exposer ses enfans
Aux contradictions, aux fâcheux contre-tems,
Pour qu'ils sachent un jour, bravant la loi commune,
Opposer un front calme aux coups de la fortune,
Affronter les dangers sans cesse renaissans,
Et se mettre au-dessus de tous événemens.

DEVOIRS DES ENFANS ENVERS LEURS PARENS.

L'enfant doit le respect, la prompte obéissance
Aux parens dont il tient sa mortelle existence ;
Il les doit en tout tems traiter avec douceur,
Jusqu'au dernier soupir les porter dans son cœur,
Leur donner les secours qu'exige leur vieillesse,
Ménager leur esprit et leur délicatesse,
Ne rien faire, en un mot, qui nuise à leur bonheur,
Soit ou dans leur fortune, ou soit dans leur honneur ;

Éviter les écueils où tombe la jeunesse,
Et ne point s'endormir au sein de la paresse ;
Du travail de ses mains soulager ses parens,
Affoiblir leurs douleurs par des soins consolans,
Et durant tout le cours de leurs longues années
Leur procurer encor de douces destinées,
Certain qu'il ne peut même, en agissant ainsi,
Faire jamais pour eux ce qu'ils ont fait pour lui.
Un fils ne doit s'unir au choix qui sut lui plaire
Qu'avec l'aveu formel et de Père et de Mère ;
Il doit les révérer jusques dans leurs erreurs,
Et ne jamais blâmer ni critiquer leurs mœurs.
En fait de soins, d'égards, d'exacte prévenance,
Ils doivent, sur tout autre, avoir la préférence.
Un bon Fils est toujours bon Père, bon Mari,
Vertueux par principe et véritable Ami.

PELLETIÉ, Imprimeur, rue Française, n°. 3, Division de
Bon-Conseil.